献给奥菲丽娅

山东省著作权合同登记号：图字15－2013－03号

THE MINPINS by Roald Dahl

Text copyright © Roald Dahl Nominee Ltd., 1991

Illustrations copyright © Patrick Benson, 1991

Simplified Chinese translation copyright © 2015 by Tomorrow Publishing House

Simplified Chinese translation rights arranged with David Higham Associates Ltd.

through Bardon Chinese Media Agency

All rights reserved

图书在版编目（CIP）数据

小不点儿人/（英）达尔著 ；（英）本森绘 ；徐朴，卢肖乔译. — 济南 ：明天出版社，2015.9 (2021.5重印)

（漂流瓶绘本馆）

ISBN 978-7-5332-8631-6

Ⅰ.①小… Ⅱ.①达… ②本… ③徐… ④卢… Ⅲ.①儿童文学－图画故事－英国－现代 Ⅳ.I561.85

中国版本图书馆CIP数据核字（2015）第127578号

责任编辑/凌艳明　　美术编辑/李宝华

XIAOBUDIANERREN

小·不点儿人　漂流瓶绘本馆

著　　者	〔英〕罗尔德·达尔
绘　　者	〔英〕帕特瑞克·本森
译　　者	徐　朴　卢肖乔
出 版 人	傅大伟
出版发行	山东出版传媒股份有限公司　　明天出版社
地　　址	山东省济南市市中区万寿路19号
网　　址	http：//www.sdpress.com.cn　http：//www.tomorrowpub.com
经　　销	新华书店
印　　刷	深圳市星嘉艺纸艺有限公司
版　　次	2015年9月第1版
印　　次	2021年5月第6次印刷
规　　格	200mm×260mm　16开
印　　张	3.5　　22千字
书　　号	ISBN 978-7-5332-8631-6
定　　价	45.00元

如有印装质量问题，请直接与出版社联系调换。

漂流瓶绘本馆

罗尔德·达尔
ROALD DAHL

小·不点儿人

[英] 罗尔德·达尔／著

[英] 帕特瑞克·本森／绘

徐 朴　卢肖乔／译

明天出版社·济南

作者简介

罗尔德·达尔 1916年出生于英国的威尔士，18岁初中毕业后，在壳牌石油公司获得了职位，并被派往非洲。第二次世界大战爆发后，达尔参加了英国皇家空军，受训成为一名战斗机飞行员。26岁时，达尔移居华盛顿并开始写作，此前的人生经历均被他写在了作品里。1960年，达尔和家人移居英国生活，并开始为孩子们写作。

达尔被看作是我们这个时代最受欢迎的讲故事的人，尽管他于1990年永远离开了我们，但他的幻想作品仍然广为流传，仍然带给越来越多的小读者巨大的阅读惊喜。

绘者简介

帕特瑞克·本森 1956年出生，于翠尔希艺术学校奠定其基础教育，随后前往佛罗伦萨学习古典绘画。本森擅长人物插画，曾经为至少24位作家的作品绘制插图，包括肯尼斯·格雷厄姆、罗尔德·达尔等人。1984年，木森荣获英国鹅妈妈奖，同年获得国家艺术图书馆插图奖。本森认为插画家应该尽可能在插画中加入视觉上的暗示，以此引导读者的想象力。

罗尔德·达尔，不只讲述精彩的故事……

罗尔德·达尔有以下身份：间谍、王牌飞行员、巧克力历史学家，以及魔药发明家。他也是《查理和巧克力工厂》《玛蒂尔达》《好心眼儿巨人》和其他许多精彩故事的作者，到今天为止，他依然是世界上最会讲故事的人之一。

罗尔德·达尔说："要是你心灵美的话，这种美就会像阳光一样在你的脸上闪耀，你看上去便总是那么可爱。"

我们相信行善是重要的事。因此，我们用罗尔德·达尔总收入的10%成立了数个慈善机构。这些慈善机构致力于培养专业的病童看护人员，补助有需要的家庭，或是推广教育。感谢您的捐助，因为它使得我们能够持续做重要的事，帮助有需要的人。

想了解更多慈善机构的运作方式，请登录www.roalddahl.com。

罗尔德·达尔慈善信托基金是正式注册的英国慈善机构，注册号为1119330。
＊作者的版税收入已经扣除第三方的佣金。

　　小比利的妈妈总是明明白白地告诉小比利这个可以做，那个不可以做。

　　他可以做的事情都非常无聊，他不可以做的事情却非常有趣。

　　其中，最有趣的要算是独自穿过花园大门去探索外面的世界，而这正是他的妈妈三番五次强调绝对不可以做的事情。

　　这是一个阳光灿烂的夏日午后，小比利跪在客厅的一把椅子上，张望着窗外美丽的世界。他的妈妈在厨房里熨衣服，厨房门虽然开着，妈妈却看不到小比利。

　　每隔一会儿，妈妈就要喊他一声："小比利，你在干什么？"

　　小比利大声回答："我很乖，妈妈。"

　　可小比利厌倦总是做一个乖孩子。

窗外不太远的地方，可以看到一片黑黢黢的大树林，看起来十分神秘，大人们都叫它"罪恶的森林"。那是小比利非常渴望探索的地方。

他的妈妈却告诉他，连大人都害怕走进那个森林。她还给他背诵了一首诗，那是这个地区非常有名的诗：

小心！小心！罪恶的森林！

多少人进去，却没人出来过！

"为什么他们没出来？"小比利问她，"他们在森林里发生了什么事？"

"那个森林，"他的妈妈说，"住满了世界上最嗜血的野兽。"

"你是说老虎和狮子吗？"小比利问。

"比老虎和狮子可怕得多。"他的妈妈说。

"难道还有比老虎和狮子更可怕的野兽，妈妈？"

"千奇百怪的野兽多得是，"他的妈妈说，"有的黑不溜秋长成一团，有的九头九角，有的浑身都是刺，有的走起路来地动山摇。最可怕的是口水乱喷、吸血拔牙，连石头都被吓得瑟瑟发抖的怪兽。那里就有一个。"

"一个口水乱喷的怪物，妈妈？"

"当然。当这个口水乱喷的家伙追赶你时，它吞云吐雾，从鼻子里喷出滚烫的浓烟。"

"那它会吃了我吗？"小比利问。

"它会一口吞了你。"他的妈妈说。

这话小比利一点都不相信。他猜这话是妈妈编出来吓唬他的，以防他独自走出屋子。现在，小比利正跪在椅子上，眼巴巴地看着窗外那个有名的罪恶森林。

"小比利，"他的妈妈从厨房里大声喊着，"你在干什么？"

"我很乖，妈妈。"小比利回答。

正在这时，一件有趣的事情发生了。小比利听到有什么人在他耳边说悄悄话。那是魔鬼。这魔鬼老是在他非常无聊的时候跟他说悄悄话。

"那很容易，"魔鬼悄悄地说，"爬出大窗子，没人会看见你。一转眼的工夫，你会到花园里；又一转眼的工夫，你会穿过前面的大门；再一转眼的工夫，你就能独自探索那个了不起的罪恶森林了。别去相信你妈妈说的那些黑不溜秋长成一团的家伙，九头九角的家伙，浑身是刺的家伙，走路地动山摇的家伙和最可怕的口水乱喷、吸血拔牙，连石头都被吓得瑟瑟发抖的家伙。根本就没有这些东西。"

　　"那里有什么呢？"小比利悄悄地问。

　　"有野草莓，"魔鬼悄悄地回答道，"整个森林的地上铺满了野草莓，一颗颗那么红艳艳、香甜甜，汁水饱满。你自己去采来吃吧。"

　　这些就是那个阳光灿烂的夏日午后，魔鬼悄悄送进小比利耳朵里的话语。

　　不一会儿，小比利已经打开窗子爬了出去。

　　一转眼的工夫，他已经悄悄落在下面的花坛里了。

　　再一转眼的工夫，他已经出了花园大门。

　　再一转眼的工夫，他已经站在大名鼎鼎、又大又黑的罪恶森林的边上了。

　　他做到了！他到了那里！现在整个森林就在他面前，等他去探索个遍！

　　他紧张不安吗？什么？谁说过一些让他紧张不安的话吗？

　　九头九角的怪物？浑身是刺的东西？都是胡说八道。

　　小比利犹豫了一下。

　　"我没有紧张不安。"他说，"没有一点点紧张不安。紧张不安跟我不沾边。"

　　非常缓慢地，他走进了那个大名鼎鼎的森林。巨大的树木很快从四面八方包围了他。树枝在他头顶的高空交织成结结实实的屋顶，挡住了天空。一小束一小束阳光透过屋顶射下来。这里听不到一点声音，简直像一个巨大的、空荡荡的、与死人为伴的绿色教堂。

小比利冒险往森林里走了一段距离，然后停下来，一动不动站在那儿，仔细聆听。什么也没听到。一点声音也没有。四周除了寂静还是寂静。

　　是否真是如此呢? 再等片刻。

　　那是什么声音?

　　小比利朝四周探头探脑，打量这片无边幽暗、死气沉沉的森林。

　　那个声音又出现了。这回绝对没有听错。

　　远处传来十分细小的嘶啦嘶啦的声音，像一股微风穿过树林。

　　然后，声音越来越响。几秒钟后，它不再是微风的声音，而是可怕的呜里呜里、呼噜呼噜、呼哧呼哧的声音，像什么大动物的鼻子里发出来的沉重的呼吸声。这声音正朝他飞扑过来。

　　小比利扭头就跑。

　　小比利拼命地跑，连吃奶的力气都用上了。但是，这呜里呜里、呼噜呼噜、呼哧呼哧的呼吸声还是紧追不舍。尤其糟糕的是，它变得越来越响。这意味着发出声音、飞扑而来的那个家伙正越来越近。马上就要抓到他了!

　　快跑，小比利! 千万不要慢下来!

　　小比利绕着大树躲闪。他跳过一个又一个树根，一片又一片荆棘。他弯腰闪过一根根树枝和一簇簇树丛。他跑得那么快，双脚简直像插上了翅膀。可是，那个可怕的呜里呜里、呼噜呼噜、呼哧呼哧的呼吸声还是越来越响、越来越近。

　　小比利扭头看了一眼，他看到的景象几乎使他血液凝固、血管结冰了。

他看到两股橘红色的浓烟翻滚打转、汹涌澎湃，穿过树林向他冲来。它们后面又有两股浓烟跟来，紧接着又有两股。它们确确实实是冲他而来的，那野兽一边奔跑，一边从鼻孔里喷出这两股烟来。它嗅到了他，正紧追不舍。

妈妈的话再次在他脑海中响起：

小心！小心！罪恶的森林！

多少人进去，却没人出来过！

"肯定是那口水乱喷的怪兽！"小比利叫起来，"妈妈说过，它追我的时候会喷出浓烟。这个家伙正在喷出浓烟！它就是口水乱喷、吸血拔牙，连石头都被吓得瑟瑟发抖的大怪兽！它马上就要抓到我了。我会被它吸血拔牙，嘎巴嘎巴嚼成碎片，然后化成浓烟喷出来。这就是我的下场！"

小比利像箭一样往前逃跑。每次他扭过头去看，总瞥见那橘红色的浓烟离他越来越近，近得他脖颈儿都可以感觉到它带起的风。还有，那可怕的声音简直震耳欲聋。呜里呜里、呼噜呼噜、呼哧呼哧，再下去变成了吭哧吭哧、吭哧吭哧、吭哧吭哧、吭哧吭哧……就像蒸汽火车头出站时发出的声音一样。

接下来，他突然听到另一个声响，比前面所有的声响都可怕。那是那个怪物奇大无比的蹄子在森林里狂奔时发出的咚咚声。

他再次扭过头去，只见那东西——不知是野兽还是怪物，还是别的什么东西，躲在它喷出的浓烟里向前狂奔，小比利看不到它的踪影。

那股浓烟汹涌翻滚，将小比利四面包围起来。他能感觉到它散发出的热量。更糟的是，他能闻到它的臭味，臭得简直令人作呕。那是肉食动物肚子里发出的恶臭。

"妈妈，救救我！"小比利大喊一声。

  突然，在他的正前方，小比利看到一棵巨树的树干。那棵树跟其他树不同，它有许多低垂的树枝。小比利并没有停下奔跑的脚步，他猛地朝那最低的树枝飞身一跳，抓住树枝向上攀爬。接着，他又抓住头上另一根树枝，继续往上爬。他爬呀爬呀，越爬越高，摆脱了下面那个鼻喷浓烟、口吐臭气、无比可怕的怪兽。他一直爬到筋疲力尽，再也爬不动时才停下来。

  他往上看，可是即使现在他也看不到这棵大树的树顶，它似乎可以无休止地一直伸展上去。他往下看，也看不到下面的地面，他看见一个尽是绿叶，尽是光滑的稠密树枝的世界。那里看不到天，看不到地。那个鼻喷浓烟、口吐臭气的怪物在下面几英里以外。他甚至听不到它的声音。

  小比利找到一个树杈，舒舒服服地坐了下来。

  不管怎样，他暂时安全了。

然后，一件非常奇怪的事情发生了。小比利坐着的地方有一根非常光滑的树枝。他注意到，树枝上有一小块方方的树皮移动起来。这是一块很小的树皮，只有邮票那般大小，从中间裂成两半，慢慢地向外打开，就像是一扇很小很小的窗子上打开了两个窗扇。

　　小比利坐在那儿，看着这派非同寻常的景象。突然间，一种奇怪的不舒服的感觉袭上心头，似乎他坐着的地方和四周的绿叶都属于另一个世界，而他是一个入侵者，没有权利待在这儿。他紧张地注视着小小的树皮窗扇越开越大。果然，这是一个四四方方的窗子，窗子深处透出黄澄澄的光来。

　　紧接着，小比利看到一张很小很小的面孔出现在窗口。这是一张特别苍老的面孔，还有满头白发。尽管事实上这整张脸长在小小人不比豌豆大的头上，小比利还是看得清清楚楚。

　　这张小小的苍老的面孔带着异常严肃的表情，直勾勾地盯着小比利看。他的脸上遍布深深的皱纹，但是两只眼睛却明亮得像天上的星星。

这时，更奇怪的事情发生了。小比利四周，不仅是那棵大树的主干上，还有那些粗大的树枝上，纷纷打开了小小的窗户，探出了小小人的小脸。有的是男人脸，有的是女人脸。这里那里，还有孩子的脑袋探出窗户张望。这些孩子的脑袋只有火柴头那么大。小比利四周必定打开了二十来扇小窗，每扇窗里都有惊奇的小脸探出来张望，但是所有张望的人都默然无声。

这些面孔安安静静、一动不动，像幽灵一样。

现在，小老人的窗口离小比利最近。他似乎正在说什么，但是他的声音那么轻、那么细，小比利不得不往前凑了凑。

"你现在是不是遇到了一些小困难？"那声音说道，"你不能再回到下面去，要是你下去，会被怪兽一口吞掉。但是你也不能永远坐在这儿。"

"我知道，我知道！"小比利气喘吁吁地说。

"不要大声嚷嚷。"那个小人儿说。

"我没有嚷嚷。"小比利说。

"说话轻一点儿，"小人儿说，"你大声说话会把我吹走的。"

"但是……但是……你是谁？"小比利问道。这回，他说话特别小心，声音放得轻轻的。

"我们是小不点儿人。这片森林是我们的。我应该更靠近你一点，这样你就能听得更清楚了。"那个小不点儿老人爬出窗户，走下一根又陡又直的大树枝，来到离小比利的脸只有几英寸距离的地方。

小比利看他走在几乎垂直的树枝上，上上下下毫不费力，简直不敢相信自己的眼睛。这就好像一个人在墙上走一样。

"你是怎么做到的？"小比利问。

"因为我们有吸盘靴。"小不点儿老人说，"我们全都穿着吸盘靴，在树上生活离不开它。"他的脚上果然穿着小小的靴子，像是绿色的小雨靴。

这时，所有的小不点儿人都爬出他们的窗子，朝小比利这边走来。他们的吸盘靴可以让他们在树枝上毫不费力地走上走下，有的甚至能倒挂在树枝下面走路。他们都穿着几百年以前的古老服装，有的戴着奇怪的帽子，有的帽子帽檐特别宽。他们团团围住小比利，有的在树枝上站着，有的在树枝上坐着，把小比利当成外星人一样仔细打量着。

"你们真的都住在这棵树里边？"小比利问。

小不点儿老人说："这个森林里所有的树都是空心的。它们中间住着成千上万的小不点儿人。大树里边尽是房间和楼梯，不光是主干里面有，树枝里也有。这是一个小不点儿人的森林。这样的森林在英国不止一个。"

"我能看看吗？"小比利说。

"当然可以。"小不点儿老人说，"把眼睛贴近那扇窗户。"他指了指刚才他爬出来的窗户。

小比利挪了挪位置，把眼睛靠在那个比邮票大不了多少的方孔上。

现在，他看到一派无比奇妙的景象。这是一个亮着淡黄色灯光的房间，里边有几把小小的椅子和一张小小的桌子，做工非常精美。旁边还有一张四柱床。这个房间很像是小比利在温莎古堡里看见过的玩偶皇后的房间。

"真是太美了。"小比利说，"是不是所有房间都和它一样可爱？"

"大多数要小一些。"小不点儿老人说，"这间是大的，因为我是这棵树的统治者。我的名字叫作小不点儿爷爷。你叫什么？"

"我叫小比利。"小比利说。

"你好，小比利。"小不点儿爷爷说，"非常欢迎你参观其他房间，你想参观多少都可以。我们很为这些房间骄傲。"

所有的小不点儿人都希望小比利参观他们的房间。他们沿着树枝拥过来，喊着叫着："请！请！请到我的房间来看看！到我的房间来看看！"

通过一扇窗户，小比利看到一个浴室，就像他自己家里的一样，只是小了一千倍。通过另一扇窗户，他看到一个教室，里边有许多小小的课桌，尽头有一块黑板。

每个房间的角落里都有通往上面的楼梯。小比利从这扇窗户看到那扇窗户，小不点儿人跟着他，围在周围，听到他的惊叹声，都冲他微笑。

"太了不起了！"小比利说，"它们比我家里的房间漂亮多了。"

参观结束后，小比利重新坐在一根大树枝上："瞧，我跟你们大家在一起的时候非常开心，但是，我该怎么回到家里去呢？我妈妈一定急疯了。"

　　"你绝不可能从这棵树上下去了。"小不点儿爷爷说，"这一点我得告诉你。要是你傻得可以，想下去试试，不到五秒钟，你就会被吃掉。"

　　"是不是那个口水乱喷的家伙？"小比利问，"那个口水乱喷、吸血拔牙，可怕得连石头都被吓得瑟瑟发抖的怪物？"

　　"我从来没听说过什么口水乱喷的家伙。"小不点儿爷爷说，"在下面等着你的是可怕的囫囵吞妖怪，是喷吐滚烫火焰、连连打嗝的囫囵吞妖怪。什么东西它都要囫囵吞。这就是我们不得不住在树上的原因。它已经囫囵吞了上千个人和几百万个小不点儿人，这一点千真万确。是什么使它如此危险？是它魔法无边的鼻子。它的鼻子能够闻出几十英里以外的气味来。它从来看不见前面的任何东西，因为它的鼻子和嘴巴里喷出浓烟，挡住了它的视线。但它一点也不担心。它的鼻子能精确地告诉它该往哪儿跑。"

　　"为什么它喷出这些浓烟来？"小比利问道。

　　"因为它的肚子里有一团滚烫的火焰。"小不点儿爷爷说，"什么东西吞下去都被那团火马上烤熟了。"

　　"瞧，"小比利说，"囫囵吞还是不囫囵吞，我总得回家去吧？看来我不得不猛冲一下，碰碰运气。"

　　"千万别去碰运气，我求你了。"小不点儿爷爷说，"那个囫囵吞妖怪知道你在上面。它在下面等着你呢。你跟我爬下去一点，我会证明给你看。"

　　小不点儿爷爷笔直走下大树干，一点也不费力气。小比利小心翼翼地跟在后面，从一根树枝爬到另一根树枝。

　　很快，在他们下面，他们闻到囫囵吞妖怪呼出的臭气。那股滚烫的臭气翻滚而来。这时，橘红色的浓烟也在低处的树枝间翻滚。

　　"它长得什么样？"小比利小声说。

"没人知道。"小不点儿爷爷回答道,"它喷出那么多烟雾,你根本看不到它。有些小不点儿人说看见过它的后腿,又大又黑,长满了黑毛,像是狮子腿,不过大了几十倍。还有传闻说它的头像一个巨大的鳄鱼脑袋,长满了一排排尖锐的牙齿。不过没有一个人能确切地说出它长什么样子。可是你记住,它一定有两个巨大无比的鼻孔,才能喷出那么多浓烟来。"

他们停了下来,一动不动地听着下面的动静。他们能够听到囵囵吞妖怪在树根遍布的地上用它巨大的蹄子乱抓乱刨,喷着鼻,一副贪婪的样子。

"它闻到你了。"小不点儿爷爷说,"它知道你离得不远。它会永远等在那儿。它特别喜欢吃人,却又不常吃到人。人对它来说就像加了奶油的草莓一样。你看,成千上万个小不点儿人对它来说还不够当一顿点心。那个怪兽现在饿极了。"

小比利和小不点儿爷爷爬回刚才小不点儿人聚集的地方。他们看见小比利平安回来,似乎很高兴。"跟我们待在一起。"他们对他说,"我们会照顾你的。"

就在这时,一只可爱的蓝燕落在不远处的一根树枝上。小比利看见一个小不点儿妈妈和她的两个孩子从容地爬上了燕子的背。然后,燕子动身飞走了。

"天哪!"小比利惊叫起来,"那是一只被特别驯养的鸟吗?"

"当然不是。"小不点儿爷爷说,"我们跟所有的鸟都很熟悉。它们是我们的

朋友。那位太太带她的孩子去看他们的祖母,他们的祖母住在五十英里以外的另一座森林里。用不上一个小时他们就能到达那里。"

"你能跟它们交谈吗?"小比利问,"我的意思是说跟那些鸟交谈。"

"我们当然能跟它们交谈。"小不点儿爷爷说,"任何时候,想去什么地方,我们都能召唤它们。不然我们该怎么在这里采集食物?那个喷火的囵囵吞妖怪使我们无法在森林里的任何地方行走。"

"那些鸟愿意为你们效劳吗?"小比利问。

"它们愿意为我们做任何事情。"小不点儿爷爷说,"它们爱我们,我们也爱它们。我们为它们在树里储藏食物。这样,严寒的冬天来临时,它们才不会挨饿。"

这时,一大群鸟落在小比利四周的树枝上。小不点儿人纷纷爬到它们背上准备起飞。大多数小不点儿人肩上都背着一个小包。

"每天这个时候,"小不点儿爷爷说,"所有的成人都要出去为大家搜集食物。每棵树的居民都要自己照顾自己。我们的大树就像是你们的城市和乡镇,我们的小树就像是你们的乡村。"

这真是一派令人惊奇的景象。各种神奇的鸟都飞来落在大树的树枝上。小不点儿人一爬到它们背上,它们就拍拍翅膀飞走了。它们中有乌鸫、画眉、云雀、乌鸦,也有椋鸟、松鸟、喜鹊和金丝雀。一切都井然有序。每只鸟似乎都很清楚哪个小人儿要搭乘,每个小人儿也非常清楚他们那个早上预订的是哪一只鸟。

"鸟是我们的汽车,"小不点儿爷爷说,"却比汽车好得多,从来不会撞到一起。"

很快,除了小不点儿爷爷,小不点儿大人都坐着鸟飞走了。孩子们留了下来。

然后,一些知更鸟飞来了。那些小孩爬到它们背上,去进行短途飞行。

小不点儿爷爷对小比利说:"所有孩子都要乘着知更鸟学习飞行。知更鸟灵敏又很谨慎,而且它们喜欢小孩。"

小比利站在那儿看呆了。他简直不敢相信自己所看到的一切。

当孩子们在知更鸟背上做练习的时候，小比利问小不点儿爷爷："真的没有办法逃过讨厌的囵囵吞妖怪吗？只能让它在下面喷火、打嗝、拦住去路吗？"

"只有等囵囵吞妖怪死掉才行，"小不点儿爷爷说，"要么等它掉进深水里。水会扑灭它身体里的火焰，对囵囵吞妖怪来说，它身体里的火焰就像你身体里的心脏一样重要。你的心脏停止跳动，你就会马上死去；扑灭了火焰，囵囵吞妖怪不到五秒钟就会死去。熄灭火焰是杀死囵囵吞妖怪的唯一方法。"

"等一下，我们再想想，"小比利说，"这附近有池塘吗？"

"在森林边上离这很远的地方有一个大湖。"小不点儿爷爷说，"但是谁能把囵囵吞妖怪引到那里去呢？十码之内，它就会扑到你身上来。"

"可你不是说过，囵囵吞妖怪看不到它前面的东西吗？"小比利说。

"一点也不错。"小不点儿爷爷说，"可这对我们有什么用呢？我认为囵囵吞妖怪是永远也不会掉进湖里去的。它从来也没有走出过森林。"

"我看我有办法让它掉进湖里去。"小比利说，"我需要一只能载着我飞行的大鸟。"

小不点儿爷爷想了一会儿，说："我想一只天鹅可以轻松地载着你飞行。"

“那就叫一只天鹅来。”小比利的声音变得坚定而有力。

“但是……但是我希望你别去做任何危险的事情。”小不点儿爷爷大声说。

“仔细听着，”小比利说，“你必须清清楚楚地告诉天鹅它要做的事情。载着我，它必须低低地飞向囡囵吞妖怪。囡囵吞妖怪会闻到我的，知道我离得很近，可它无法透过雾气和浓烟看到我。它会气得发疯，想抓到我。天鹅就在它面前来来回回地飞，逗弄它。这点它能做到吗？”

“当然可以。”小不点儿爷爷说，“只是你很容易掉下来。你根本没练过飞行。”

“不管怎样，我会抓得紧紧的。”小比利说，“天鹅要一直飞得很低，飞过森林，那只饿极了的囡囵吞妖怪会在后面心急火燎地追赶。天鹅要一直刚好飞在囡囵吞妖怪前面，让我的气味使它发狂。到最后，天鹅要笔直掠过那个又大又深的湖。这时，囡囵吞妖怪会拼尽全力跟在后面。瞧着吧，它很快就会掉进湖里！”

“我的孩子！”小不点儿爷爷大叫起来，“你真是个天才！你真的能做到吗？”

“把天鹅叫来吧。”小比利说。

小不点儿爷爷转向一只知更鸟。它刚好载着一个小不点儿小孩练习飞行归来。小比利听到小不点儿爷爷用一种叽叽喳喳的奇怪语言跟知更鸟说话，他一个字也听不懂。知更鸟点点头飞走了。

两分钟以后,一只浑身雪白、非常华丽的天鹅盘旋而来,落在附近的一根树枝上。小不点儿爷爷向它走去,再次用奇怪的叽叽喳喳的语言跟它交谈。这回交谈的时间要长得多。小不点儿爷爷一直在叽叽喳喳地说,天鹅不时地点点头。

然后,小不点儿爷爷回头对小比利说:"天鹅认为这是一个了不起的主意。它说它能做到。不过,它有点担心,因为你从没飞行过,你必须牢牢抓住它的羽毛。"

"这点你不用担心。"小比利说,"不管怎样,我会牢牢抓住的。我可不想被囫囵吞妖怪活生生地烤熟吃掉。"

小比利爬上天鹅的背。许多不久以前飞走的小不点儿人现在都骑在鸟背上回来了。他们的小包裹鼓鼓的。他们站在树枝周围,惊奇地看着小比利坐在天鹅背上准备起飞。

"再见,小比利!"他们叫道,"祝你好运,祝你好运!"在祝福声中,天鹅展开翅膀,从大树的树枝间穿过,轻轻地滑向下面。

小比利紧紧地抱住天鹅的脖子。坐在这只大天鹅的背上飞行，真是一件令人兴奋的事情！在高空中飞行多么神奇，你能感觉到风嗖嗖地吹过脸庞。

　　就在他们下面，那可怕的囫囵吞妖怪鼻孔里喷出两股巨大的橘红色浓烟和蒸汽，滚滚而来。那浓烟完全遮蔽了妖怪，但因为他们靠得实在太近，透过浓烟，小比利隐约看到一头毛茸茸的怪物和它巨大的黑影。喷鼻声越来越响，美味的小比利靠得那么近，令妖怪越来越兴奋，浓烟也越喷越快。吭哧吭哧、吭哧吭哧，小比利能够感到妖怪越来越近，吭哧吭哧、吭哧吭哧……

　　天鹅就在那股妖怪鼻孔里喷出的烟雾前面飞来飞去，引诱那贪婪的野兽疯狂地追赶。那野兽，或者说那股浓烟不断地向小比利发起冲击，但是天鹅比它飞得快，每次都躲闪开去。喷鼻声越来越响，越来越疯狂。滚烫的蒸汽喷涌而来，吭哧吭哧，越来越响。

　　有一次，天鹅回过头来看看小比利是不是坐得很稳。小比利点了点头，笑了笑，他可以发誓天鹅也朝他点了点头，笑了笑。

　　最后，天鹅认为他们已经逗弄够了囫囵吞妖怪。一大团浓浓的橘红色烟雾因为囫囵吞妖怪的饥饿和贪婪，狂乱地上下翻滚。整个森林回荡着这个妖怪可怕的吼声和鼻息声。天鹅绕着圈滑翔着，方向始终正对着森林边缘。当然，那团巨大的烟雾也跟在后面，不断地发起攻击。

　　天鹅非常小心，一直保持着低低的飞行，而且始终飞在囫囵吞妖怪前面，小心翼翼地引它在一棵棵大树间穿行。那股人肉的香味始终飘在囫囵吞妖怪的鼻孔里。囫囵吞妖怪以为只要它保持最高速度，最后一定能吃到它的美餐。

这时，在他们的正前方出现了那个大湖。囫囵吞妖怪在后面紧追不舍，一门心思想着美味的人肉就要到口。

天鹅笔直朝湖心飞去，低低地掠过水面。囫囵吞妖怪继续追赶。

小比利回过头去，只见囫囵吞妖怪一头冲进湖里。然后，整个湖水似乎被烧开了，气泡翻滚，涌起一团团沸腾的蒸汽。

那个可怕的囫囵吞妖怪让湖水沸腾了，像火山爆发一样喷出烟雾。然后，火焰渐渐熄灭，那可怕的怪兽消失在热浪下面。

等一切平息下来，天鹅载着小比利高高飞起，绕着大湖盘旋，看了最后一眼。

这时，他们周围飞来了各种各样的鸟，每只鸟的背上都有一个或者很多个小不点儿人。小比利认出小不点儿爷爷坐在一只漂亮的松鸟背上。他正挥手欢呼，朝他们飞来。似乎大树上的所有小不点儿人都来见证打败囫囵吞妖怪的伟大胜利了。每只鸟都绕着小比利和天鹅盘旋，它们背上的小不点儿人不是挥手就是拍手，欢呼雀跃。小比利也向他们挥手，开心得哈哈大笑，这一切真是棒极了。

在天鹅的带领下，所有的鸟和小不点儿人回到了大树上。

回到树上后，小不点儿人为小比利打败可怕的囫囵吞妖怪举行了一场盛大的庆典。森林里所有的小不点儿人都乘着他们的鸟飞来祝贺年轻的英雄，大树的大小树枝上挤满了这些小人儿。当所有的欢呼声和拍手声停下来时，小不点儿爷爷站起来做了一次演讲。

"森林里的小不点儿人！"他提高声音，以便让整棵树上的小不点儿人都能听到，"那个凶残的囫囵吞妖怪曾经狼吞虎咽吃掉我们成千上万的小不点儿人。这回，它永远完蛋了！我们终于可以安全地在森林的地面上行走了！现在，我们可以下去随心所欲地采摘黑莓、红莓、蓝妖莓、赛枣莓、晶莓和鼻尖莓。我们的孩子可以整天在野花、树根间玩耍。"小不点儿爷爷停下来，目光转向坐在不远处的小比利。

"但是，女士们、先生们，"他继续说，"这天大的幸运降临到了我们头上，我们该感谢谁？是谁拯救了我们小不点儿人？"小不点儿爷爷停了下来。成千上万个小不点儿人坐在那里，专心致志地听着。

"我们的救命恩人，"他高声说，"我们的英雄，我们的神奇男孩，我们的人类客人小比利。"（人群里响起了"小比利万岁"的欢呼声。）

小不点儿爷爷转身对小比利说："我的孩子，你为我们做了一件大好事。为了报答你，我们也希望为你做些事情。我跟天鹅谈过了，只要它还载得动你，它愿意永远做你的私人飞机。"（又是一片欢呼声。"天鹅朋友做得好！这主意真不错！"）

"但是，"小不点儿爷爷继续对小比利说，"你不能大白天坐在天鹅背上到处飞行。有些人类一定会看到你的。这样一来，秘密就会泄露，你不得不把我们的事情告诉其他人。这绝不能发生。要是那样，人类就会踩踏我们宝贵的森林，寻找小不点儿人，我们平静的家园就会毁掉。"

"我绝不会告诉任何人！"小比利大叫。

"即使如此，"小不点儿爷爷说，"我们也不能冒险让你白天飞行。但是，每天晚上，你房间的灯熄灭后，天鹅会来到你窗前，看你是否想出去飞行。有时，它会带你回到这儿来看看我们；其他时候，它会带你参观一些你做梦也想不到的神奇地方。现在，你想让天鹅带你回家去吗？我想我们可以冒冒险，来一次短暂的白天飞行。"

"哦，天哪！"小比利大叫起来，"我把回家的事忘得一干二净！妈妈一定急疯了！我必须走了！"

小不点儿爷爷发出一个信号，不到五秒钟天鹅就扑扇翅膀飞来了，落在树上。小比利爬上它的背。天鹅展开翅膀飞走了，不光是那棵大树，从这头到那头的整个森林都响起了小不点儿人热烈的欢呼声。

天鹅落在小比利家房前的草地上，小比利跳下来，跑向客厅的窗户。他悄无声息地爬了进去。房间里一个人也没有。

"小比利。"厨房里传来他妈妈的声音，"你在干什么？你安静了好一会儿。"

"我很乖，妈妈。"小比利大声回答道，"我一直很乖很乖。"

他的妈妈走进客厅，怀里抱着一摞熨好的衣服。她看了看小比利。"你刚才在干什么？"她大叫起来，"瞧你的衣服，脏成了什么样子！"

"我一直在爬树。"小比利说。

"我真不能让你离开我的视线十分钟。"他的妈妈说，"你爬了哪棵树？"

"就是外面一棵很老很老的老树。"小比利说。

"你要是不小心的话，会掉下来摔断胳膊的。以后别再爬了。"

"我不会再爬了。"小比利微微一笑说道，"我会乘着银白色的翅膀飞上去。"

"你在说什么胡话。"他的妈妈边说边抱着熨好的衣服走出客厅。

从那以后，天鹅每天晚上都会来到小比利的窗口。它趁小比利的爸爸妈妈去睡觉以后才来。那时候，整幢房子都非常安静。但是小比利从来没有睡着过。他总是很清醒，焦急地等待着。每天晚上，天鹅到来以前，他留心窗帘是不是拉开了，窗户是不是打开着。这样，白色的大鸟就可以直接滑入房间，落在他床边的地板上。然后，小比利很快穿好睡衣爬到天鹅背上。他们就出发了。

晚上，小比利坐在天鹅背上在高空飞翔，这是多么神奇的秘密生活呀！他们悄悄地飞在神奇的世界里，有时展翅飞行，有时悄悄滑翔，而下面是一片漆黑的世界，世人都在沉睡。

一次，天鹅飞到一个前所未有的高度。他们进入了一个巨大的、翻滚的云层。那云层闪耀着淡黄色的光芒。在云层交叠的地方，小比利能够辨别出某些到处移动的生物。

它们是谁呢？

他非常迫切地想问问天鹅这个问题，但是他不会说鸟类的语言。天鹅似乎不愿意和这些来自另一个世界的生物飞得太近，因此小比利没办法看得很清楚。

还有一次，天鹅在夜空中飞了好几个小时，最后到达地面的一个豁口，像是地面裂开了一个环形大洞。天鹅在这个大洞上慢慢滑翔，一圈又一圈，最后飞了进去。他们在这个黑暗的洞里越飞越深。突然，在他们下面出现了一片阳光一样的光亮。小比利可以看到一大片蓝盈盈的湖水，湖面上游弋着成千上万只天鹅。雪白的天鹅映衬着一片蓝色的湖水是如此美丽。

小比利很想知道这是不是一个全世界所有天鹅秘密聚会的地方。可有时候，秘密比一个清楚的解释更有魅力。蓝湖上的天鹅和金色云层里的生物一样，是小比利记忆里永远的秘密。

　　差不多一星期一次，天鹅会带小比利回到森林里那棵老树上去拜访小不点儿人。在一次拜访中，小不点儿爷爷对他说："你长得很快，小比利。恐怕不久以后天鹅就载不动你了。"

　　"我知道。"小比利说，"可我没法不长。"

　　"恐怕我们没有比天鹅更大的鸟了。"小不点儿爷爷说，"但是当它再也载不动你的时候，我们希望你仍然能来这里看望我们。"

　　"我会的！我会的！"小比利大声说，"我会一直来看你们的！我永远也不会忘记你们！"

"听着。"小不点儿爷爷笑着说，"或许我们有些人也会秘密地去拜访你。"

"你们真的能做到这一点吗？"

"我想我们会的。"小不点儿爷爷说，"我们会在夜里悄悄下来，溜进你的房间，在半夜里开一个宴会。"

"但你们怎么能爬进我卧室的窗户呢？"

"你难道忘了我们的吸盘靴吗？"小不点儿爷爷说。

"太棒了！"小比利大叫起来，"这样我们就可以轮流拜访对方了！"

"我们当然可以。"小不点儿爷爷说。

这件事果然说到做到。

没有一个孩子的童年生活像小比利的一样令人兴奋，也没有一个孩子像小比利一样忠诚地保守这样一个巨大的秘密。小不点儿人的事，他没有告诉过任何人。

我自己也很小心地不告诉你们他们住在哪里，我现在也不打算告诉你们。可要是有什么千载难逢的机会，你闯入森林看到了小不点儿人，你一定要屏住呼吸，感谢自己碰上了幸运之星。因为，据我所知，至今还没有一个人像小比利那样看到过小不点儿人。

注意看飞过你头顶的鸟，谁知道呢，也许你会看到一个小小的人坐在高高飞翔的燕子或者乌鸦背上。你要特别留心那些知更鸟，因为它们常常飞得很低。你可能会看到一个紧张不安的小不点儿人坐在羽毛中上第一次飞行课。你要特别注意，用明亮闪烁的眼睛观察周围的世界，因为最大的秘密总是藏在最意想不到的地方。那些不相信奇迹的人永远也不会发现。

伟大作家的小小致意

童书作家　粲然

　　过了很多年我才意识到，自己那么喜欢罗尔德·达尔的原因，除了他诙谐的文字、奇幻的想象力、让人忍俊不禁的幽默之外，还来自于他直视童年、直视人心的勇气。

　　对童话创作者而言，这种勇气非常罕见。达尔总是把阴暗幽深，甚至血淋淋的恶袒露出来。他笔下的孩子直面"恶"时，并不像其他童话作品里的孩子那样，用善和美去规劝和感化。不，达尔笔下的孩子总是"以恶制恶"。

　　在《女巫》里，象征邪恶的"女巫大王"最后被孩子下毒，变成了老鼠（还被旅馆的厨师长切成肉泥）；《魔法手指》里，屠杀野鸭的革利鸽一家被孩子愤怒的手指变成了野鸭；《小乔治的神奇魔药》里，贪婪的姥姥喝下孩子的自制药水，逐渐变小，终至消失……达尔往往以令成人瞠目结舌的情节，在世俗成见中披荆斩棘，高声讴歌他所看到的童心世界的义勇真相。

　　是的，在达尔笔下，孩子们总在触犯禁忌、颠覆成见、穿越边界。但正是在这一个个诡异、幽默，甚至有些极端的情节背后，达尔对孩子深切的理解与接纳被凸显出来。内心的仇恨并不可怕，恶并不可怕，只有给予自由、理解和爱，来源于孩子自我的真正的承担、真正的勇气、真正的善才会涌现——我想，这就是罗尔德·达尔的"儿童观"。

　　在这本《小不点儿人》中，罗尔德·达尔的"儿童观"也表现得淋漓尽致。

　　首先，这是一个突破禁忌的故事。小比利的妈妈禁止小比利进入离家不远的黑森林。这个黑森林什么样？作者说，这个森林"连大人都害怕"，是"罪恶的森林"。"罪恶的森林"是一目了然的隐喻,它象征人性之中令人害怕的、无法自控的那一部分。成人极力阻止孩子去体验人性之"恶",但孩子却执意要看见生命全部真相——第一步,达尔就撕破成人世界的伪善与怯懦,和小比利一起站到了"黑森林"的入口。

接下来,在"罪恶的森林"里,小比利果然遇到了成人口中可怕的"囫囵吞妖怪"。这只林中巨兽追逐着小比利,它有一个"魔法无边"、能准确嗅出人类气息的鼻子,它喷出浓烟、发出嘶吼、贪婪执着,然而却从没有人能确切地说出它长什么样子。对"罪恶森林里的巨兽",达尔有一个高妙的、贴合儿童心理的描写。作者把描摹"怪兽"真实面目的权力,全然让位给孩子的想象力。实际上,这也是个隐喻,指向作者智慧的告诫:最可怕的事物只存在于你自己心里。

小比利被怪兽逼上巨树,上不得、下不得。情节发展到这里,奇妙的逆转出现了。小比利在树上遇见了小不点儿人,他们依树而栖,善良勤劳,和森林与飞鸟结盟,给小比利很多帮助和指引。"居住在罪恶森林里美好的小不点儿人"是达尔在这篇故事中最突出的意象,作者希望以此告诉孩子:不要害怕深入"恶",在"恶"的天地之中,你最终会发现弱小的"善"之萌芽。"善"执着、繁茂地生长在"恶"的幽深之处。哪怕你直面内心之"恶",你仍然是不孤独的。

作为小孩的小比利为了回家、为了看到妈妈(意味着回到正常的、温情的生活之信念)、也为了小不点儿人(注意,小比利并没有选择骑上天鹅离开森林,一走了之,这暗示孩子捍卫内心"善念"的勇敢意志),挺身而出,决定铲除怪兽。他骑着天鹅在天空飞翔,诱哄乃至最终消灭怪兽。这段描写精彩无比,不禁让我联想到作者的生平。罗尔德·达尔在二战时期曾加入英国皇家空军,表现英勇,这段骑着天鹅铲灭邪恶势力的情节,可以看

作是作者当年心境的独白。

怪兽被铲除后，小不点儿人热烈庆祝欢呼，并给予小比利骑鹅飞行，进出森林的权利。在这里，作者一贯的"儿童观"显露出来。那些对成人阅读者来说有时难以适应的"以恶制恶"情节，实际上是达尔对孩子们的内心抚慰：虽然你们小，虽然现实中有太多你们无法抗衡的暴力和不平，但听见你内心的力量，必能以弱胜强，成为自己的英雄。

一般的童话故事，写到小比利安然回家，或者每夜骑鹅飞行就以完美的结局收结了。但《小不点儿人》并没有完。达尔给了它一个看似累赘的结尾。小比利慢慢长大，天鹅背不动他了。小不点儿爷爷对他说："恐怕我们没有比天鹅更大的鸟了。但是当它再也载不动你的时候，我们希望你仍然能来这里看我们。""……或许我们有些人也会秘密地去拜访你。"

"我会的！我会的！"小比利大声说，"我会一直来看你们的！我永远也不会忘记你们！"

这段结尾依然是为孩子写的。对成长、长高极其敏感的孩子在阅读这类故事时总会有一个疑问：如果我长成大人了，就再也不能去到那里（自由无拘、充满善爱的内心王国）了吗？某些最高明、最坦白、最悲悯的作者会在故事末了给出自己的回答。在《彼得·潘》里，詹姆斯的回答是：一代一代的孩子仍旧会再到"永无岛"去。而在《小不点儿人》里，达尔的回答是：只要你愿意，通往至善至勇的途径永远向你敞开。

这就是经历过父亲早逝，经历过不公正、蹂躏人性的教育制度，经历过摧毁身心的世界大战……经历过岁月一切残忍和抚慰后，一个伟大的儿童文学作家罗尔德·达尔，致意童心世界的最大悲悯和最大体谅。

这个故事，就是他的鼓励，他的爱。